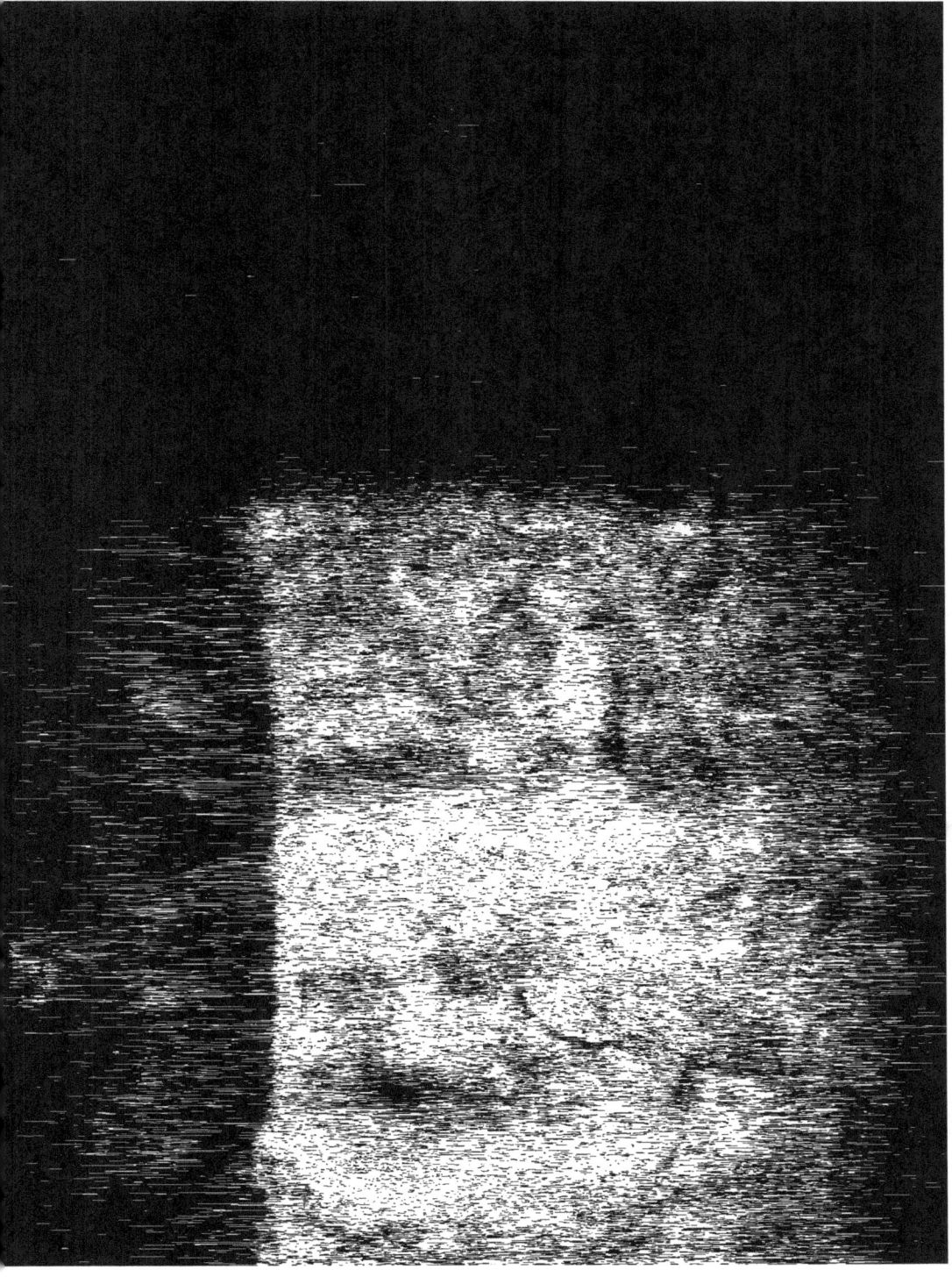

L'OFFICINE

DES

ANCIENS MÉDECINS GRECS & ROMAINS

N'ÉTAIT POINT UN HÔPITAL

RECHERCHES CRITIQUES

PAR LE DOCTEUR

Henri-Charles-Antoine RAVEL

« *Credens melius esse recte intelligere anteriora quam nova et falsa dicere.* » Collection hippocratique, *Des Semaines*, § 53.
« Ce que la doctrine de cet homme contient de vrai n'est pas nouveau, et ce qu'elle renferme de nouveau n'est pas vrai. » CELSE, philosophe épicurien du IIe siècle.

AVIGNON

SEGUIN FRÈRES, IMPRIMEURS-LIBRAIRES

13, rue Bouquerie, 13

—

JUIN 1881

Inconnus des anciens, les hôpitaux sont une inspiration de la charité chrétienne. Les historiens et les médecins se plaisent à proclamer cette vérité. Je nomme spécialement Voltaire (1), Daniel Le Clerc (2), Antoine Mongez (2 bis), Bernard Peyrilhe (3), Nicolas-Sylvestre Bergier (4), Kurt Sprengel (4 bis), François-Auguste de Chateaubriand (4 ter), Pierre-François Percy et Ambroise Willaume (5), J.-B. Dumas (6), Jean Bouros, P.-A. Delacoux (6 bis), C.-M. Paffe, N.-P. Anquetin (7), L.-P.-Auguste Gauthier (7 bis), Félix Roubaud (8), Jean-Paul Tessier (8 bis), Alexandre Monnier (9), F.-M.-J. Lefebvre (10), Le vicomte Gazan (11), Brochin (11 bis), J.-B. Glaire (12), René Briau (13), P.-M.-Félix Frédault (14), J. Collin de Plancy (15), Mgr Dupanloup (16), Charles-Louis Dezobry et Th. Bachelet (17), Louis Grégoire (18), Chapiat (19), L. Richou (20) et l'abbé Doublet (21). L'année dernière, un médecin chez lequel je rencontre la connaissance des langues, l'habitude des livres, le goût de l'érudition, est venu troubler cet accord presque unanime (22), ce concert harmonique des historiens et n'a pas craint d'écrire les lignes suivantes :

« Non, il n'est pas exact qu'en Grèce, du
« moins, le pauvre et l'étranger fussent consi-
« dérés comme des ennemis de la société et
« traités comme tels ; non, il n'est pas exact que
« ce soit le christianisme, malgré tout le bien
« qu'il a fait et qu'on ne saurait méconnaître,
« qui le premier a fondé l'assistance médicale !
« Cette assistance existait parfaitement organi-
« sée dans le vieux monde grec, et si elle a dis-
« paru ou, pour mieux dire, si elle a été négli-
« gée dans le monde qui avait Rome pour capi-
« tale, c'est que le peuple romain, monstrueu-
« sement corrompu dans les derniers temps de
« la République et sous la domination impé-
« riale, maître du monde entier, gorgé de ri-
« chesses, enivré de gloire, conséquemment re-
« belle aux sentiments d'humanité et de charité,
« n'a su choisir, dans les dépouilles des Grecs,
« que les institutions qui flattaient ses appétits.
« Si l'on veut, sans parti pris de dénigrement,
« rendre aux Grecs ce qui appartient aux Grecs,
« et au christianisme ce qui appartient au chris-
« tianisme, l'on verra que le christianisme n'a
« fait, soit en établissant la gratuité des secours
« médicaux, soit en installant des hôpitaux, que
« ramasser, dans la boue romaine où elles étaient
« restées dédaignées les nobles et impérissables

« institutions qui existaient, bien avant le Christ,
« dans chacune des cités de la Grèce. . . .

« Qu'est-ce, en définitive, que ce médecin,
« payé par la ville pour soigner gratuitement
« tous les malades, même les pauvres, de la
« cité, sinon l'ancêtre très reconnaissable, le re-
« présentant à peine modifié de notre médecin
« actuel de l'assistance publique ?

« Qu'est-ce encore que ce vaste *iatrium* que
« la ville met à la disposition de son médecin, et
« dans lequel ce dernier est tenu de recevoir des
« malades, qu'il soigne, gratuitement encore, et
« de concert avec ses disciples et ses aides-es-
« claves, sinon un véritable petit hôpital, une
« ambulance si l'on veut, — le nom n'y fait
« rien, et comment est-il possible de prétendre
« avec M. Briau (qui d'ailleurs ne fait que repro-
« duire une erreur trop répandue) que, seul, le
« christianisme triomphant a su, faisant preuve
« d'une charité prétendue inconnue des païens,
« fonder des refuges pour les malades et insti-
« tuer l'assistance médicale gratuite (23) ? »

II

L'officine du médecin grec, du médecin romain était-elle un hôpital ? Interrogeons Hippo-

crate, Galien et leurs interprètes contemporains, Émile Littré et Charles-Victor Daremberg.

« Ce qui se traite dans l'officine est à peu près du ressort de l'étudiant. D'abord il faut avoir un lieu commode, et il y aura commodité si le vent n'y pénètre ni ne gêne ; si le soleil ou l'éclat du jour ne causent du malaise. Une grande clarté est inoffensive pour celui qui traite, mais elle ne l'est pas semblablement pour celui qui est traité ; par-dessus tout, il faut fuir cette clarté par laquelle il arrive aux yeux de devenir malades. Il est donc de prescription que la lumière soit telle. De plus, on aura soin qu'en aucune façon le jour ne soit reçu en face, car cela fatigue une vue qui se trouve affaiblie ; et toute cause suffit pour troubler des yeux faibles. C'est ainsi qu'on se servira de la lumière. Les siéges, autant que possible, seront de hauteur égale, afin que le médecin et le patient soient de niveau. On ne se servira d'airain que pour les instruments ; car, employer des ustensiles de ce métal me paraît un luxe déplacé. *On fournira aux personnes traitées de l'eau potable et pure.* Les pièces à absterger seront propres et douces, à savoir des linges pour les yeux, des éponges pour les plaies ; car tout cela, par soi-même, paraît être d'un bon secours. Les instruments seront d'un maniement facile pour la grandeur, pour le poids et pour la délicatesse (24). »

« L'eau potable est la meilleure dans l'officine

du médecin, car elle est excellente pour les instruments en fer et en airain, et à l'usage le plus ordinaire pour la plupart des médicaments conservés (25). »

« Les Thasiens ne vinrent pas chercher du secours dans l'officine du médecin (26). »

Galien parlant des officines dit : « C'étaient de grandes maisons, ayant de grandes portes, recevant pleinement la lumière, et encore aujourd'hui beaucoup de villes en assignent de pareilles aux médecins qu'elles emploient (27). »

« La maison du médecin de l'antiquité, du moins du temps d'Hippocrate et aux époques voisines, écrit Littré, renfermait un local destiné à la pratique d'un grand nombre d'opérations, contenant les machines et les instruments nécessaires, et de plus étant aussi une boutique de pharmacie. Ce local se nommait un *iatrium.* Il s'agit d'établir ces trois points.

« D'abord Hippocrate et les hippocratiques avaient-ils un iatrium ? Cela est établi par leur propre témoignage. Le médecin, sans doute Hippocrate, qui pratiquait à Thasos dit lui-même : *Du reste, les Thasiens ne vinrent pas chercher du secours dans l'officine du médecin (iatrium).* Les médecins à Athènes avaient aussi un *iatrium,* cela est prouvé par ce passage-ci de Platon : *Les aides-esclaves qu'ont les médecins traitent généralement les esclaves soit dans les visites qu'ils font en ville, soit dans l'iatrium* (28).

Selon l'historien Timée, Aristote avait renoncé à un iatrium de grande valeur, allégation qui est peut-être fausse (car il paraît que Timée, portant de la haine à Aristote, n'avait pas toujours dit la vérité sur son compte), mais qui, dans tous les cas, prouve l'existence de l'iatrium à cette époque.

« Secondement, l'iatrium contenait toutes les commodités nécessaires pour plusieurs sortes d'opérations. La meilleure preuve se trouve dans le livre même de la Collection hippocratique, qui est intitulé : *De l'Officine du médecin.* On y fait mention des instruments, de la lumière naturelle ou artificielle, des bandes, des compresses, des attèles. Le nom seul de ce petit traité suffirait à montrer que les Hippocratiques avaient aussi un iatrium.

« Enfin l'iatrium était un lieu dans lequel on venait chercher des médicaments, cela se voit par Platon qui dit : *Ceux qui vont dans l'iatrium pour s'y faire administrer une potion purgative* (29). On voit par là que dans l'iatrium on fournissait des médicaments à ceux qui en avaient besoin (3o). — Quand il est dit [dans le *Serment*] : *Je ne remettrai à personne du poison,* on peut en conclure que les médecins hippocratiques avaient les médicaments chez eux, et, par conséquent qu'ils ne faisaient point d'ordonnances à l'aide desquelles on allât les prendre chez le pharmacien (3i). »

Le « petit traité *Du Médecin*, après avoir indiqué quel doit être le médecin quant au corps et quant à l'âme, nous place aussitôt dans l'*Officine*, ce lieu où, dans l'antiquité, l'homme de l'art avait toutes choses disposées pour une foule d'opérations, ses instruments, ses appareils pour les pansements et pour la réduction des fractures et des luxations, et où il ouvrait des abcès, saignait, ventousait et traitait les cas légers ou urgents. C'est là que l'étudiant en médecine commençait son éducation (32). »

Un étudiant, du temps d'Hippocrate, « était ainsi que l'indique le *Serment*, d'ordinaire de famille médicale ; sinon, il s'agrégeait à une de ces familles ; il commençait de bonne heure ; on le plaçait dans l'*iatrium* ou officine, et là il s'exerçait au maniement des instruments, à l'application des bandages, et à tous les débuts de l'art ; puis il voyait les malades avec son maître, se familiarisait avec les maladies, apprenait à reconnaître les temps *opportuns* et à user de remèdes. De la sorte il devenait un praticien, et, si son zèle et ses dispositions le favorisaient, un praticien habile (33). »

« L'étude du *Médecin* et de l'*Officine*, remarque C.-V. Daremberg, nous fournit une notion historique intéressante à recueillir. On voit par ces deux écrits, et aussi par quelques autres passages de la *Collection hippocratique*, qu'il existait dans l'antiquité des maisons, soit publi-

ques (34), soit privées, comme paraissent être
celles des hippocratistes, où le médecin, assisté
de ses aides, libres ou esclaves, pratiquait les
opérations chirurgicales, et où il paraît que les
malades séjournaient. On venait aussi y chercher des médicaments (35) ; mais on ne voit pas
que les maladies internes y aient été traitées, du
moins au temps d'Hippocrate. De cette circons-
tance il ne faudrait pas conclure à la division de
l'art en médecine et en chirurgie ; car on voit
par les écrits hippocratiques, et par le *Médecin*
en particulier, ainsi que par les titres ou les frag-
ments des écrits de Dioclès, de Praxagore et de
bien d'autres, que le même médecin pratiquait
les opérations (chez lui, sans doute quand le local où habitaient les malades ne s'y prêtait pas),
et qu'il traitait les maladies internes (36) ; mais
pour ces dernières, les patients restaient dans
leur propre domicile (37). »

« A Rome comme à Athènes, les médecins
avaient boutique sur rue *(iatreion, officine médicale)*. Plaute [né vers 227 avant Jésus-Christ,
mort l'an 185] nous y introduit par un chemin
assez détourné, dans cette comédie si bouffonne
et si hardiment imitée par Molière, dans l'*Amphitryon.* Jupiter a pris la figure du héros Amphitryon pour séduire la belle et vertueuse Alc-
mène ; l'époux légitime, l'heureux vainqueur des
Téléboens, arrive un peu trop tard ; Jupiter a
pris sa place, et on refuse à Amphitryon l'entrée

de sa propre maison. Il ignore sa mésaventure, veut à toute force se faire reconnaître, et invoque à grands cris le témoignage de son pilote Naucratès ; mais Naucratès a disparu ; c'est en vain qu'Amphitryon a parcouru les places, les gymnases, les parfumeries, le lieu où se réunissent les négociants (nous dirions aujourd'hui *la Bourse*), le marché, le forum, c'est en vain qu'il est entré dans la *boutique des médecins* et dans celle des barbiers.

« A entendre Plaute, on croirait volontiers que les Boutiques des médecins (rappelez-vous qu'Archagathus en avait une à Rome l'an 219 avant Jésus-Christ) et celles des barbiers étaient le rendez-vous des flâneurs et l'officine des cancans. Cela, du moins, n'est plus guère vrai maintenant que de la boutique des barbiers ; et même dans l'antiquité nous trouvons plus d'une officine médicale fort respectable, à commencer par celle d'Hippocrate et à finir par celle de Galien........ L'ensemble de la pratique médicale était concentré dans les mains du médecin, du moins en Grèce, et à Rome sous les premiers empereurs ; les pharmacies proprement dites ont commencé avec les écoles arabes. L'officine était à la fois une pharmacie, une salle de pansements, un cabinet de consultations. . . .

« Non seulement le médecin traitait les malades dans son officine, mais encore il les prenait à demeure chez lui, et son habitation devenait une véritable *clinique*, ou, si vous aimez mieux, une *maison de santé*. C'est là un fait qui nous est révélé encore par Plaute dans les *Ménechmes*, pièce dont la donnée est fort semblable à celle de l'*Amphitryon*, mais où le comique est plus gai et plus soutenu, puisque les dieux n'interviennent pas et que tout l'intérêt roule sur la ressemblance absolue de deux jumeaux. La scène n'est pas tout à fait à l'avantage des médecins...... Je ne prétends en tout ceci à rien autre chose qu'à mettre en lumière un fait peu connu : l'habitude où les médecins de l'antiquité étaient de prendre des malades comme pensionnaires ; ce qu'on pouvait déjà soupçonner, du reste, par tout ce que nous avons dit de l'*Officine hippocratique* et des opérations qu'on y pratiquait.

« Les Ménechmes sont deux frères jumeaux dont la singulière ressemblance occasionne des quiproquo bizarres ; on prend toujours l'un pour l'autre. Par suite de ces méprises, le beau-père d'un des Ménechmes croit son gendre fou ; il veut le faire traiter et appelle un médecin renommé dans la ville... En attendant le médecin, il se plaint en ces termes :

« — J'ai mal aux reins de rester assis, mal aux yeux de regarder. L'insupportable personnage ! qu'il a de peine à en finir avec ses malades !

« Le vieillard impatient ajoute ce trait piquant à l'adresse d'un homme qui, sans doute, ne

brille pas par la modestie, et qui explique toujours ses retards par des causes importantes.

« — Il va me raconter qu'il a dû réduire à
Esculape une fracture de jambe et une fracture de
bras à Apollon. Je doute si c'est un médecin que
j'ai mandé ou un forgeron. (Sans doute notre
praticien traînait avec lui tout son attirail d'instruments). Enfin le voici : — Accélère donc ton
pas de fourmi. — Voyons, vieillard, de quoi
s'agit-il ? s'écrie le médecin sans autre préam-
bule ; que m'as-tu dit ? Est-il fou ou furieux ?
est-il pris de léthargie ou d'hydropisie ? — Mais
c'est pour le savoir que je t'ai fait venir et pour
que tu le guérisses. — Rien n'est plus facile ;
j'en guérirais six cents comme cela en un jour.
— Hélas ! c'est un traitement qui exige une
grande attention ; ne t'épargne point. — Foi de
médecin, je te le traiterai avec le plus grand
zèle.

« Pendant cet entretien, le malade arrive.

« — Salut, Ménechme, dit le médecin. Pourquoi te découvres-tu les bras ? Tu ne sais pas
combien tu aggraves ton mal ?

« MÉNECHME. — Va te faire pendre.

« LE VIEILLARD. — Saisis-tu ?

« LE MÉDECIN. — Comment ne saisirais-je
pas ? Un champ d'ellébore n'y suffira pas ! Mais,
dis-moi, Ménechme, bois-tu du vin blanc ou du
vin fort en couleur ?

« Ménechme se fâche ; il traite fort mal le

médecin : — Que ne me demandes-tu si je mange du pain rouge, ou violet, ou jaune ! si je me nourris d'oiseaux à écailles ou de poissons à plumes ?

« LE VIEILLARD. — Ne vois-tu pas qu'il est en délire ? Que tardes-tu à lui donner une potion avant que la folie ne s'en empare tout à fait ?

« Mais le médecin n'est pas si pressé de prendre un parti ; il interroge encore ; il veut éclairer cette affaire difficile : — Dis-moi, Ménechme, tes yeux deviennent-ils jamais durs ?

« MÉNECHME. — Est-ce que tu me prends pour une sauterelle, imbécile ?

« LE MÉDECIN. — Entends-tu quelquefois ton estomac crier ?

« LE MALADE. — Quand j'ai bien mangé, il ne crie pas ; c'est quand j'ai faim qu'il se met à crier.

« LE MÉDECIN. — Par Pollux ! sa réponse n'est pas celle d'un insensé. T'endors-tu facilement quand tu te couches ? Dors-tu jusqu'au jour ?

« MÉNECHME. — Je dors quand j'ai payé mes dettes. Que Jupiter et tous les dieux te confondent, maudit quéstionneur !

« Cette colère confirme le médecin et le vieillard dans leur croyance erronée, et ce dernier s'écrie : — Je t'en prie, médecin, hâte-toi d'agir ; fais ce qu'il convient. Ne vois-tu pas qu'il est fou et qu'il a son accès ?

« LE MÉDECIN. — Sais-tu quel est le meilleur parti à prendre ? *Fais-le porter chez moi* : je pourrai le traiter à mon aise. Et il ajoute, s'adressant au malade : — Tu boiras de l'ellébore, certes, pendant une vingtaine de jours (38). »

Ces lignes de Plaute ont été mises en lumière pour la première fois parmi les médecins par Prosper Ménière qui fait la remarque suivante : « Ce médecin avait-il donc chez lui ce qu'on nomme une *maison de santé* ? Était-ce la coutume de prendre les malades en pension, de se charger de leur traitement et de tous les accessoires, *moyennant finance* (39) ? »

Je n'ai pas hésité à rapporter ce commentaire de Daremberg sur le passage de Plaute, passage qui ne me paraît pas avoir été cité par mon adversaire dont je ne veux point affaiblir la thèse. Mais, je le demande, une maison de santé, où l'on paie pour y être traité, est-elle un hôpital ?

Le passage de Plaute, quoique ne prouvant nullement l'existence des hôpitaux, est bien autrement net que celui relatif à Bion sur lequel s'étend volontiers le médecin que je combats. Bion (qui vécut dans le IIIe siècle avant Jésus-Christ, s'attacha à la secte cynique et se signala par son impiété), Bion « souffrit beaucoup par l'indigence de ceux qui étaient chargés du soin des malades, jusqu'à ce qu'Antigonus lui envoya deux domestiques pour le suivre. Il suivait ce prince se faisant porter dans une litière (40). »

Dans ces lignes de Diogène Laerce, je ne vois pas que Bion ait été reçu dans une officine.

III

Si l'on considère les doctrines qui inspiraient la politique des Grecs et celle des Romains, comment concevoir l'existence des hôpitaux chez ces peuples ?

« C'est une expérience de tous les temps, dit Charles Périn, que, là où le rationalisme et le matérialisme ont régné, non seulement la charité s'est affaiblie ou a disparu, mais encore la pauvreté a été méprisée et le pauvre asservi. « Tout, dit Roscher, s'était transformé en rationalisme dans le monde hellénique, et celui-ci à son tour, se résume dans l'opposition entre le riche et le pauvre (41). » Cette guerre du riche et du pauvre est le fait dominant de l'histoire des sociétés antiques. On sait quelle place elle tient, dès les premiers temps, dans l'histoire romaine, et elle se retrouve au fond de tous les troubles qui agitent les cités de la Grèce. L'égoïsme s'affiche sans honte, même dans les écrits des sages du paganisme. « Appelle au festin ton ami, dit Hésiode, celui-là surtout qui demeure près de toi. Alors, s'il t'arrive un malheur, tu verras accourir tes voisins à demi vêtus à ton secours. Aime celui qui t'aime, aide celui qui t'aide, donne à celui qui te donne, ne donne pas à celui qui ne te donne rien (42). » « Vile pauvreté, s'écrie Théognis, pourquoi, m'accablant de ton poids, dégrades-tu à la fois mon corps et mon esprit, et pourquoi m'imposes-tu, malgré moi, tes conseils déshonorants (43) ? » Platon ne veut pas qu'il y ait de mendiants dans son État. « Si quelqu'un s'avise de mendier, dit-il, et d'aller ramassant de quoi vivre à force de prières, que les *agoranomes* le chassent de la place publique, les *astynomes* de la cité et les *agronomes* de tout le territoire, afin que le pays soit tout à fait purgé de cette espèce d'animal (44). » Jamais dans l'antiquité on ne voulut admettre que le riche pût s'abaisser au point de ne plus mépriser le pauvre (45). Ce ne fut qu'après une lutte prolongée durant des siècles, que le christianisme parvint à triompher de cet oubli et de ce mépris du pauvre, qui était la conséquence de la domination de l'orgueil et des convoitises sensuelles dans le monde païen. L'histoire de cette lutte a été écrite de la main d'un maître (46), et elle nous offre un des enseignements les plus frappants, et, vu nos dispositions présentes, l'un des plus nécessaires que le passé puisse donner (47). »

« La vie était dure pour le pauvre. Sans abri contre la rigueur de l'hiver, une foule de malheureux étaient réduits à chercher un refuge

dans les bains publics (48) ; et Platon (49) consi-
dérant cette misère sans espoir, assurait que la
mort était avantageuse à l'artisan atteint d'une
de ces lentes maladies dont la guérison exige
trop de repos et de soins (5o). »

« Bétail et esclaves, pour Caton, c'est tout
un ; ou plutôt, Caton médecin a quelque préfé-
rence pour le bétail. « Quand les esclaves sont
malades, pourquoi, dit *le père de famille*, leur
donner tant à manger ? » Est-ce un précepte
d'hygiène ? Non point du tout ; c'est une répri-
mande au fermier qui s'avise des nourrir des
serviteurs incapables de travailler. Dans le même
Traité d'agriculture il est dit : « Quand un esclave est dans un état maladif, vendez-le avec les
vieux bœufs, la vieille ferraille et les vieux cha-
riots. » La raison, c'est que le propriétaire, ce
propriétaire « aspre et ardent à acquérir » qui
marchandait même avec les dieux, doit être vendeur et non pas acheteur : vendeur d'esclaves
malades et non pas acheteur de drogues pour
les guérir ; ce qui paraît à Plutarque (dans
Amyot) « procéder d'une trop rude et trop dure
austérité de nature. » — Si le fermier, obéissant
au précepte du même Caton, « ne cherchait pas
à en savoir plus long que son maître, » sur
quelle miséricorde et sur quels soulagements
pouvaient compter les malheureux esclaves ? En
revanche, il est fort recommandé à ce fermier
d'avoir soin des bœufs malades, et je trouve un

assez grand nombre de recettes à leur usage, même pour prévenir les maladies, tant est grande la sollicitude du père de famille.... pour les bestiaux (51). »

« Sans méconnaître que la bienfaisance ait pu être de tous les temps, on comprend que les peuples qui ont eu, pour se défaire du paupérisme, l'infanticide et l'esclavage, aient pu se passer d'institutions d'assistance (52). »

IV

« Une lettre curieuse de Julien l'Apostat témoigne de la jalousie que les établissements de bienfaisance [fondés sous l'inspiration de la nouvelle foi religieuse] excitaient parmi les partisans vaincus du paganisme.

« Pourquoi nous reposer, dit Julien, comme s'il n'y avait plus rien à faire ? Que ne tournons-nous les yeux vers ce qui a grandi la secte impie des chrétiens, c'est-à-dire leur bienveillance envers les voyageurs, les soins qu'ils donnent à la sépulture des morts et la pureté qu'ils simulent ? Je pense, en vérité, que nous devons suivre ces exemples..... Fais donc élever dans toutes les cités de la Galatie des hospices pour les voyageurs, afin que tous jouissent de notre libéralité,

non seulement ceux qui professent notre reli-
gion, mais les autres encore, s'ils sont tombés
dans le dénûment.....; Car, tandis qu'aucun des
Juifs ne mendie et que ces Galiléens sacriléges
nourrissent leurs pauvres et les nôtres, il est
vraiment honteux que nos proches mêmes soient
abandonnés par nous qui devrions les secou-
rir (53). »

V

Si les hôpitaux, si les hospices avaient existé
chez les anciens, est-ce que saint Grégoire de
Nazianze (328-389 ou 391) faisant le panégyrique
de saint Basile-le-Grand [329-379] aurait osé,
dans la chaire de vérité, tenir le langage suivant :

« Avance un peu hors de la ville et vois cette
cité nouvelle, ce sanctuaire de la piété [pitié?],
ce commun trésor où affluaient, à l'appel du
saint évêque, non seulement le superflu et l'a-
bondance des riches, mais souvent l'épargne et
le nécessaire des indigents. C'est là que la mala-
die, endurée sans murmure, semble une épreuve
bénie, et que la charité éclate dans ses œuvres.
Non, je ne sais rien d'égal à ce lieu de miséricorde, ni la fameuse Thèbes aux cent portes, ni

les murailles de Babylone, ni le tombeau de
Mausole, ni les pyramides d'Égypte, ni le colosse
de Rhodes, ni ces temples d'une grandeur et
d'une beauté merveilleuses, édifices abattus aujourd'hui ou tombés en ruines, et dont il n'est
revenu à ceux qui les ont construits qu'un peu
de vaine gloire. Pour moi, rien n'est admirable
comme cette voie raccourcie du salut, et cette
rampe douce par où l'on monte au ciel. Maintenant nos yeux ne voient plus ce déchirant spec-
tacle de personnes qui, vivantes, n'avaient déjà
plus l'usage de la vie ; qui étaient mortes de plusieurs membres de leur corps ; qui étaient chas-
sées des villes, des maisons, des marchés, des
fontaines ; si difformes, que leurs plus proches
amis ne les reconnaissaient eux-mêmes qu'à
leurs noms, et non plus aux traits du visage; qui,
inspirant par l'horreur de leur mal plus de dé-
goût que de pitié, n'osaient plus paraître dans
les repas publics ni dans les assemblées, et qui
se lamentaient avec un accent lugubre, quand,
par hasard, il leur restait encore quelque débris
de voix humaine. Pourquoi chercher à peindre
ces douleurs qui surpassent les paroles les plus
tragiques et ne trouvent dans le discours rien
qui les égale ? Or, ce prélat nous a surtout con-
vaincus qu'étant hommes nous ne devons pas
mépriser des hommes, ni déshonorer Jésus, notre père commun, par notre inhumanité envers
ses enfants, mais qu'il faut, au contraire, tirer un

grand fruit des calamités des autres, et prêter à Dieu comme à intérêt la miséricorde dont nous avons nous-mêmes besoin (54). »

VI

Mais si l'officine était un hôpital, comment se fait-il que tous les historiens n'aient point vu ce fait, et que la fondation des hôpitaux ait été d'un consentement à peu près unanime, jusqu'en 1880, attribuée à l'Église ? Sans doute la pénétration, la sagacité, le génie d'un écrivain peuvent découvrir, dans l'antiquité, des aperçus qui ont échappé à leurs devanciers. Ainsi, c'est Robert Lowth qui, le premier dans ses *Leçons sur la poésie sacrée des Hébreux*, publiées en 1753 à Oxford, où il était professeur, a établi l'existence du parallélisme dans la poésie hébraïque et a créé le mot, *parallelismus membrorum*, aujourd'hui universellement adopté (55). Mais c'est là une vue de l'esprit, une interprétation, et non une chose tangible, palpable. Un hôpital est ou n'est pas : il y a lieu à constater un fait non à l'interpréter ou si l'on aime mieux à le deviner. Un monument n'est pas une abstraction. L'hôpital est une maison de charité pour recevoir et traiter gratuitement les malades indigents. Cette

définition que j'emprunte au *Dictionnaire de
l'Académie française* est très claire : elle se passe
de commentaires. Qu'il me soit permis de rap-
peler un dicton comtadin : *Ce qué se vei paou
pas s'escoùndré* (56).

VII

La langue grecque me fournit un nouvel ar-
gument. Les mots grecs par lesquels sont dési-
gnés les hôpitaux et hospices sont d'origine ré-
cente. « Le mot νοσοχομεῖον est employé pour la
première fois par saint Jérôme [331-420] et ap-
proprié à l'institution créée par Fabiola [† 400]
(56 bis). »

VIII

Dans l'officine hippocratique, je vois des machines, des instruments de chirurgie, des médicaments, mais je n'y rencontre ni les aliments ni
le matériel que comporte un hôpital. Sans doute
l'eau y est mentionnée : mais faites aller un hôpital avec de l'eau seule, quelque pure et quelque potable qu'elle soit !

IX

Si l'officine avait été un hôpital, il y aurait eu un budget pour faire aller cet établissement : or, dans l'antiquité, on ne trouve nulle part de trace de budget nosocomial proprement dit.

X

Nulle part on ne trouve de ruines d'hôpital grec ou romain : aucune fouille n'a rien révélé à cet égard. Les hôpitaux de l'antiquité, eussent-ils été tous petits comme l'étaient généralement ceux du moyen-âge (57) n'auraient pas tous disparu : il en resterait des vestiges.

XI

Dans les nombreuses inscriptions tumulaires relatives à des médecins anciens, aucune ne nous indique que le titre de médecin d'hôpital ait été donné à l'un de ces praticiens.

XII

Les Romains auraient certainement fait pour leurs hôpitaux, s'ils en avaient eu, ce qu'ils faisaient pour leurs armées. « Une corporation sacerdotale était attachée à chaque légion romaine, et se composait des *victimarii* et d'*augures puliarii*. Avant le combat, le général faisait le sacrifice et chaque légionnaire unissait sa prière à celle des prêtres. Le premier devoir après la bataille était de faire monter jusqu'aux dieux les actions de grâces de l'armée (58). »

XIII

Félix Roubaud (58 bis) affirme carrément la thèse que je soutiens. « Le grec Archagathus, au dire de Cassius Hemina, fut le premier à exercer à Rome la médecine humaine ; il en fut récompensé par le don que lui fit le peuple d'un vaste emplacement dans le carrefour d'Acilius, où les pauvres venaient se faire panser, opérer et recevoir les conseils du praticien. Cet établissement, que l'on a voulu comparer à nos hôpitaux, en diffère essentiellement, en ce qu'il n'était point un asile pour les malades, mais seulement un point de réunion pour les consultants.

« A partir de cette époque, la médecine romaine, sans jamais être en très grand honneur, se fait une place dans la société, et l'histoire nous a conservé les noms de Galien, de Stratonicus, de Carpunius, de Voscennius, médecins les plus recommandables de ces temps. Chacun d'eux était attaché à un gymnase ou à un cirque pour soigner les athlètes ou les gladiateurs blessés, et l'espèce d'officine qu'ils desservaient ne peut être raisonnablement rapprochée de nos hôpitaux, puisque leur destination était spéciale, et que les acteurs seuls des jeux publics y étaient admis.

« Ces sortes d'infirmeries, établies par la nécessité dans les gymnases et les cirques, s'étendirent bientôt jusque dans les maisons particulières, et Columelle [qui vécut au milieu du Ier siècle et écrivit le savant traité *De re rustica*] donne le conseil suivant, dans le livre II, ch. 1, relatif au métayer : « Il pansera ceux qui se seront blessés pendant le travail, ce qui arrive souvent ; il conduira sans retard à l'infirmerie (*valetudinarium*) ceux qui seront souffrants, et prescrira de leur appliquer le traitement convenable. » Ces *valetudinarium* dont parle Columelle étaient destinés aux esclaves, quelquefois réunis en fort grand nombre chez le même maître, puisque les travaux des champs et ceux de

l'industrie leur étaient complètement dévolus (59).
Ces infirmeries, exclusivement ouvertes aux esclaves du maître, sont un progrès immense,
nous le comprenons, mais ne sont point encore
le principe et la réalisation de nos hôpitaux.

« Cependant les gens riches ne possédaient
pas tous un *valetudinarium* dans leur palais ;
quelques-uns avaient l'inhumanité d'envoyer
leurs esclaves malades dans l'île du Tibre, où se
trouvait le temple d'Esculape, et de lès y abandonner sans secours ni ressources et même on
les tuait pour les délivrer plus vite de leurs souf-
frances. Cette coutume barbare (60) inspira à
l'empereur Claude [il régna de l'an 41 à l'an 54]
une loi qui affranchissait l'esclave ainsi aban-
donné. Voici le passage de Suétone (§ 25) dont
j'emprunte la traduction à M. Pessonneaux :
« Voyant quelques citoyens abandonner leurs
esclaves malades ou souffrants dans l'île d'Esculape, pour n'avoir pas l'ennui de les soigner,
Claude décréta que tous ceux qu'on abandon-
nait étaient libres, et n'appartiendraient plus à leur
maître en cas de guérison, et que si quelqu'un
aimait mieux tuer son esclave que de l'abandonner, il serait accusé de meurtre. » — Il est pro-
bable que si les Romains avaient eu des établissements publics, destinés à recevoir les malades
pauvres, les malheureux esclaves, abandonnés
dans l'île du Tibre, y auraient cherché un refuge
contre la misère et leurs douleurs.

« Néanmoins on pourrait objecter que l'esclave, considéré comme d'une nature inférieure
à celle des autres hommes, ou tout au moins
comme indigne de toute sollicitude publique, ne
pouvait avoir une place marquée à côté de
l'homme libre, et que l'exposition de l'esclave
dans l'île du Tibre ne doit rien faire préjuger sur
les établissements destinés au peuple. Cela pourrait être, en effet, si tous les doutes n'étaient pas
levés par un écrivain du temps, par Tacite.
Dans le livre IV, ch. 62-63 de ses *Annales*, l'historien romain raconte que, sous le consulat de
M. Licinius et de L. Calpurnius, l'amphithéâtre
de Fidènes s'écroula pendant les jeux, et que
plus de cinquante mille personnes périrent ou
furent blessées dans cet accident. Tacite termine
ainsi son récit « Durant les premiers jours qui
suivirent, les maisons des grands furent ouvertes ; on envoyait de tous côtés des médecins et
des secours et Rome alors, malgré tout ce
triste appareil, rappela cette Rome antique qui,
après de grandes batailles, prodiguait les soins
et les largesses aux blessés. » (Trad. C.-L.-F.
Pankoucke). D'après le nombre de personnes
qui périrent dans cet évènement, au dire de Tacite, la ville de Fidènes ne devait pas être sans
importance ; et si des hôpitaux avaient existé à
cette époque, l'historien qui décrit longuement
cette catastrophe, n'eût pas manqué d'en faire

mention, ainsi que cela lui arrive pour les maisons des grands (60 bis). »

J'ai successivement exposé les arguments tirés :

1° Du consentement presque unanime des historiens et des médecins ;

2° Du témoignage des deux plus grands médecins de l'antiquité ;

3° De la politique des Grecs et des Romains ;

4° De la jalousie de Julien l'Apostat envers les chrétiens ;

5° Des éloges accordés à l'un des premiers fondateurs d'hôpital ;

6° De la constatation facile d'un fait matériel ;

7° De l'époque à laquelle les noms d'hôpital et d'hospice ont été introduits dans la langue grecque ;

8° De l'impossibilité qu'il y avait à faire aller un hôpital avec les seuls moyens matériels de l'officine hippocratique ;

9° De l'absence de budget nosocomial chez les anciens ;

10° De la non existence de ruines d'hôpital païen ;

11° De l'absence de titre de médecin d'hôpital dans les inscriptions tumulaires médicales ;

12° De la non existence d'une corporation sacerdotale attachée aux hôpitaux et hospices.

J'ouvre une parenthèse. Mon antagoniste s'étend longuement sur le décret rendu par un

dême carpathien en l'honneur du médecin Ménocrite, fils de Métrodore, originaire de Samos,
et exerçant dans l'île de Carpathos la profession
de médecin public : Ménocrite s'était distingué
par son dévouement pendant une peste. Ce décret a été mentionné dans *L'Art médical* (novembre 1863, XVIII, 400).

Mon adversaire dit encore que l'interprétation
de la table de bronze d'Idalion est à peu près
passée inaperçue dans le monde médical. Or,
L'Art médical (t. XLV, septembre 1877, p. 234-
235) dit sommairement (l'espace lui manque
pour les travaux historiques étendus) que dans
la tablette de Dali, l'ancienne Idalion, on a trouvé
un contrat entre la ville d'Idalion et un médecin, Onasilos. Celui-ci s'engage, à la suite d'un
siége soutenu par la cité contre les Mèdes, alliés
aux gens de Citium, à soigner les habitants ; on
lui promet en retour une somme d'argent, ou, à
défaut d'argent, des terres. Les frères et fils
d'Onasilos, peuvent au besoin le suppléer et seront admis à réclamer en leur faveur l'exécution
du contrat.

Mais pourquoi *L'Art médical, journal de médecine générale et de médecine pratique,* et par-
tant traitant de toutes les questions relatives à la
science, à l'art et à la profession du médecin est-
il si peu lu ! Parce que allopathes et rationalis-
tes se sont coalisés dans un même sentiment de
répulsion à l'égard de ce recueil. *L'Art médical,*

par l'organe de son fondateur Jean-Paul Tessier, ne s'est pas, quant à la méthode homœopathique mise en lumière par Samuel Hahnemann, borné à la joindre aux méthodes thérapeutiques généralement reconnues, l'évacuation, l'altération, la dérivation, la révulsion, la spécificité (61). *L'Art médical* a porté son vol plus haut, il a donné pour fondement à la médecine « la doctrine scolastique sur l'homme (62), doctrine plusieurs fois définie par le Saint-Siège, décrétée au concile général de Vienne, et déclarée *dogme et enseignement catholique sur l'homme*. Voici la formule précise de cette définition.

Homo corpore et anima ita absolvitur, ut anima eaque rationalis sit vera per se, atque immediata corporis forma.

L'homme est constitué par l'âme et le corps de telle sorte, que l'âme et l'âme raisonnable soit par elle-même et immédiatement la véritable forme du corps. »

Cavaillon, 19 mars 1881.

NOTE A

Extrait du discours prononcé par Mgr Dupanloup, évêque d'Orléans, devant l'Assemblée nationale, dans la séance du 27 mars 1873. (L'*Univers*, é. q., n° 2,104, samedi, 29 mars 1873, p. 4).

« Oui, ces fondations, ces hospices, ce patrimoine du pauvre, c'est à nous que vous en êtes redevables. Cela est incontestable. Nous avons couvert l'Europe et ensuite les deux mondes de maisons hospitalières et d'asiles pour le pauvre. Avant nous, avant le christianisme, il n'y avait pas un établissement hospitalier, pas un seul asile pour la souffrance. Nous avons créé le capital de la charité sur la terre.

« Les moralistes païens eux-mêmes n'avaient nul souci du pauvre, et ils appelaient même la compassion un vice du cœur : *Misericordia animi vitium est* (Sénèque, dans son *Traité de la clémence*). Ce que je dis n'est une injure pour personne. Un autre disait qu'il fallait être ou un sot, ou un étourdi, ou un criminel, *stultum, levem, aut nefarium*, pour livrer son cœur à la compassion. C'est du Cicéron *(pro Murenâ)*. Et voici le résumé de toute la théorie : Le sage ne connaît point la pitié. *Sapiens non miseretur*.

« Je répète que nous avons créé le capital de la charité, et que nous avons créé la charité elle-même. Aujourd'hui, on parle fastueusement de philanthropie, de fraternité, et on oublie que c'est Jésus-Christ seul qui a précisé le sens de ces mots. Il a fallu le sang des martyrs et de Jésus-Christ lui-même pour les consacrer. C'est à ce prix que la terre a connu la charité. Nous avons continué ensuite à augmenter ce capital. A qui devez-vous l'Hôtel-Dieu, les Incurables, les Enfants-Trouvés ? A un saint homme, à un prêtre, à saint Vincent de Paul. A l'heure qu'il est, nous venons de fonder en France cent vingt hospices nouveaux par les mains des Petites Sœurs des pauvres. Là, vingt mille vieillards sont vêtus, recueillis, nourris, logés avec la dernière charité.

« J'ajoute que quand les choses sont telles, et elles sont incontestablement telles, — informez-vous auprès de notre collègue M. Wallon, qui vous en apprendra le détail, — on comprend que, pendant des siècles, le clergé ait été seul chargé de l'administration du patrimoine des pauvres. Puis, le cours des temps a donné à la société laïque sa part naturelle, légitime, prépondérante. Mais il n'est pas juste de nous chasser, comme l'a fait la Convention, du grand domaine de la charité, et de nous dire :

La maison est à moi ; c'est à vous d'en sortir !
Hæc mea sunt, veteres migrate coloni.

« Voilà ce qu'a fait la Convention ; et voilà pourquoi vous ne pouvez ni le faire, ni le maintenir. »

NOTES

SUR L'OFFICINE DES ANCIENS MÉDECINS

------

(1) « Quand un pauvre diable tombait malade à Rome, sans avoir les moyens de se faire soigner, que devenait-il ? Il mourait. »

(2) * *Histoire de la Médecine.* Amsterdam, 1723. 4. p. 575.

(2 bis) * *Dissertation sur l'antiquité des Hôpitaux,* 1780. Réimprimée à la suite du mémoire de Percy et Willaume, p. 105-122. (D'après les sources).

(3) * *Histoire de la Chirurgie depuis son origine jusqu'à nos jours.* t. II. Paris, 1780. 4. p. 404-407 (D'après les sources.)

(4) * *Dictionnaire de Théologie.* Nouv. éd. t. IV. Besançon, Outhenin-Chalandre fils, 1842. 8. p. 63-64. (L'abbé Fleury cité).

(4 bis) * *Histoire de la Médecine,* sect. V. ch. 8, t. II. p. 168-169.

(4 ter) * *Génie du Christianisme,* l. VI. ch 2. t. III. Pourrat frères, Furne, 1832. 8. p. 159,

(5) * *Mémoire couronné par la Société des sciences, belles-lettres et arts de Mâcon, en 1812, sur la question suivante : « Les anciens avoient-ils des établissements publics en faveur des indigens, des enfans orphelins ou abandonnés ; des malades et des militaires blessés ; et, s'ils n'en avoient point, qu'est-ce qui en tenoit lieu ? »* Paris, Méquignon l'aîné, père, 1813. 8. 122 p. (D'après les sources).

(6) * *Des Secours publics en usage chez les Anciens, ou Mémoire sur cette question : « Les Anciens,* etc. Paris, Éverat, 1813. 8. 187 p. (Pas aussi affirmatif que les autres).

(6 bis) * *Biographie des Sages-Femmes.* 1834. 4. p. 152.

(7) * *Dictionnaire de la conversation et de la lecture*. Paris, Belin-Mandar. 1834. XIII, 96 ; XXXII. p. 153.

(7 bis) * *Recherches historiques sur l'Exercice de la Médecine dans les temples, chez les peuples de l'antiquité, suivies de considérations sur les rapports qui peuvent exister entre les guérisons qu'on obtenait dans les anciens temples, à l'aide des songes, et le magnétisme animal, et sur l'origine des hôpitaux.* Lyon, Savy jeune, 1844. ch. 11. p. 232-259 (Hecker cité).

(8) * *Des Hôpitaux au point de vue de leur origine et de leur utilité, des conditions hygiéniques qu'ils doivent présenter, et de leur administration.* Paris, J.-B. Baillière, 1853. 191 p. (de Gérando, Bœttiger, Schneider, Choulant cités). Cfr. Gauthier, 233-235.

(8 bis) *L'Art médical*, t. I. janvier 1855. p. 21.

(9) * *Histoire de l'Assistance dans les temps anciens et modernes.* Paris, Guillaumin, 1856. 8. 568 p. (D'après les sources).

(10) * *Des Établissements charitables de Rome.* Tournai, H. Casterman, 1860. 12. p. 172-174.

(11) * *Services que le Catholiscisme a rendus à la France.* Paris, Vᵉ Poussielgue et Fils, 1865. 8. (« Au IVᵉ siècle, conformément aux prescriptions du concile de Nicée [en 323], les asiles publics, ou hospices, remplacent les secours à domicile, seuls usités jusqu'alors. Constantin [qui avait assisté au concile de Nicée] met leur entretien à la charge des cités et de l'État. » p. 448 : cfr. 431-442 ; — « Dès que l'Église eut des biens assurés, on fonda des hôpitaux et on leur assigna des revenus pour le soulagement des pauvres. » (J.-B. Glaire).

(11 bis) * *Histoire générale de l'Assistance* dans la *Gazette hebdomadaire de médecine et de chirurgie*, 12 avril 1867. p. 225-230 : 3 mai p. 273-281 : 10 mai. p. 289-294.

(12) * *Dictionnaire universel des sciences ecclésiastiques.* Paris, Poussielgue frères, 1868. 8. t. I. p. 1,043. (Richard et Giraud, l'abbé André cités).

(13) * *L'Assistance médicale chez les Romains.* Paris, Victor Masson et Fils, 1869. 8. ch. 7. p. 93-106 ; — * *L'Archiatrie romaine ou la médecine officielle dans l'empire romain : Suite de l'histoire de la profession médicale.* Paris, G. Masson, 1877. 8. p 85.

(14) * *Histoire de la médecine ; — Étude sur nos traditions,* t. I. Paris, J.-B. Baillière et fils. 1870. 8. t. I. p. 193.

(15) * *Vies des Saintes et des Bienheureuses pour tous les jours de l'année.* Paris, E. de Soye, t. II. p. 345.

(16) Séance du 27 mars 1873 de L'Assemblée nationale : voir la note A, p. 31.

(17) * Dictionnaire général de Biographie et d'Histoire, 7ᵉ éd. Paris, Ch. Delagrave, 1876. 8. t. I. p. 1,343.

(18) * Dictionnaire encyclopédique d'Histoire, de Biographie. Paris, Garnier frères, 1877. 8. p. 996.

(19) * La Sainte de chaque jour. Paris, Victor Palmé, 1877. p. 743.

(20) * Histoire de l'Église, sec. éd. Paris, 1877. t. I. p. 550.

(21) * Leçons d'Histoire ecclésiastique. Paris, Berche et Tralin, 1879. t. I. p. 572-578. « En 355, saint Épiphane affirme que les hôpitaux et les hospices sont déjà communs. Les premiers dont il soit fait mention sont ceux de Sébaste dans le Pont. » p. 574 ; — Doublet cite l'Hist. eccles. de Mœlher. Je regrette de n'avoir pu lire les écrits de J.-A. Murat (1813) et de Gius. de Matthei (1829) qui ont trait à l'histoire des hôpitaux : cfr. encore Jean-François Coste, * Dictionaire des sc. méd. 1817. XXI. p. 24-409 ; — Morichini, * Des Institutions de bienfaisance publique et d'institution primaire à Rome, essai historique et statistique traduit de l'italien par Édouard de Bazelaire, p. 2 et É. de B. lui-même, p. XXII ; — Ph. Gerbet, *.Esquisse de Rome chrétienne, t. I. Paris. 1844. 8. p. 35 ; — P.-V. Renouard, * Hist. de la Méd. 1846 I. 406 ; — Salvatore de Renzi, * Hist. de la Méd. en Italie. 1849. I. 458-462 (Haller cité) ; — Augustin Fabre, * Hist. des Hôp. et des Instit. de bienf. de Marseille. t. I. Marseille, J. Barile. 1854. p. 20-22 ; — * Revue internationale de la doctrine homœopathique, juin 1859, p. 192 et février 1860, p. 137 ; — l'abbé V. Postel, Rome dans sa vie intellectuelle, dans sa vie charitable, dans ses institutions populaires, 2ᵉ éd. Paris, Lethielleux, 1867. Lettre VII. p. 117. (Baluffi cité) ; — Léon Lallemand, * Histoire de la charité à Rome. Paris, Poussielgue frères, 1878. 8. p. 211-226. (de Gérando, Naudet, Moreau-Christophe, Émile Brousse, Étienne Chastel, Villemain cités) ; — Devay, Hyg. des fam. II. 399-400 ; — Ménière, Poët., 271 ; — A. Le Pileur, dans A. Monteil, Méd. en France, 11, et Monteil, 127 (Richard, Analyse des Conciles, cité).

(22) Je dis presque unanime, vu que Félix Roubaud (1853) prétend qu'on a voulu comparer à nos hôpitaux la première officine dont il soit fait mention dans l'histoire de Rome. Cfr. Gauthier.

(23) La Médecine publique dans l'antiquité grecque (Extrait de la Revue archéologique, février, avril, mai et juin 1880). Paris, Didier, 1880. 8. 54 p. p. 4-5 et § 6 p. 40.

(24) *Collection hippocratique.* — *Du Médecin,* § 2. *Œuvres complètes d'Hippocrate,* trad. n. par É. Littré, t. IX. p. 207-208.

(25) *Coll. hipp.* — *De l'usage des liquides,* § 1. t. VI. p. 119.

(26) Hippocrate, *Épidémies,* l. I. § 1. t. II p. 605.

(27) *Comm. in libr. de Off. med.* texte 8. t. V. p. 668. L. 53. cit. par Littré.

(28) *De legg.* IV. p. 720.

(29) *De legg.* I. p. 646.

(30) T. V. p. 25-26.

(31) * T. IV. p. 622. Cfr. Mercuriali, *Var. lect.* l. I. c. 13.

(32) * T. IX. p. 198.

(33) T. IX. p. 201.

(34) Galien, éd. Kuehn. t. XVIII^b p. 678.

(35) Daremberg, *Dissertation sur la pharmacologie hippocratique.*

(36) « L'officine du médecin servait tout à la fois aux opérations et à la pharmacie. » Daremberg, * *Lettre à M. le Dr Salvatore de Renzi sur un passage de Celse relatif à la division de la médecine.* 2e éd. Paris, J.-B. Baillière, 1852. 8. p. 10.

(37) * *Œuvres choisies* d'Hippocrate trad. par Ch. D. Sec. éd. Paris, Labé, 1855. 8. p. 55.

(38) Ch. Daremberg, * *La Médecine, Histoire et doctrines,* 2e éd. Paris, Didier, 1865. 18. p. 21-28.

(39) * *Études médicales sur les Poètes latins.* Paris, Germer Baillière ; Angers, Cosnier et Lachèse, 1858. 8. p. 59 ; cpr. L. Perret, *Erreurs, superstitions, doctrines médicales.* Par., J. B. B. et F., 1879. 8. p. 77-80. Avant ces auteurs contemporains, Jérôme Mercuriali avait, en 1570, écrit les lignes suivantes : « Hisce adjiciam et illud, tempore hippocratis consuevisse medicos in domibus propriis languentes alere, ut majori sedulitate eos curarent. » *Var. lect.* l. I. c. 13 p 33.

(40) * *Les Vies des plus illustres philosophes de l'antiquité traduites du grec* de Diogène Laerce. Paris, Lefèvre, Charpentier. 1840. 18. p. 178. « On ne sait si l'historien a voulu parler de médecins ou, seulement de *proxènes,* disent Percy et Willaume, 40. Les proxènes étaient une espèce de consuls ou de chargés d'affaires et pourvoyaient aux besoins des étrangers, p. 28. »

(41) *Principes d'Économie politique,* t. II. p. 173.

(42) *Opera et Dies,* v. 340 à 355, édit. Didot. In-4°.

(43) V. 649 à 652, édit. Boissonnade.

(44) *Leges*, lib. IX. 936, C. cfr. Percy et Willaume, 36-37, citant ce passage de Platon et indiquant le livre II.

(45) Quintilien, *Declam.*, 301.

(46) Franz de Champagny, *La Charité chrétienne dans les premiers siècles de l'Église.*

(47) * *De la Richesse dans les sociétés chrétiennes*, sec. éd. Paris, Lecoffre fils, 1868. 12. t. II. p. 378-379.

(48) Aristophane, *Plutus*, act. IV.

(49) *République*, III.

(50) Monnier, 81-82.

(51) Daremberg, *La Méd.*, 8-9.

(52) Brochin, * *Gaz. hebd.*, 12 avril 1867. p. 226.

(53) Julian. Imp., ad *Arsacium, pontificem Galatiæ*, Epist. XLIX. cit. par Monnier, 155 : cfr. Mongez, 115.

(54) S. Greg. Naz., *Funebris oratio in laudem Basilii Magni*, *Orat.* XLIII. c. 63. t. I. p. 817. Parisiis, 1778. cit. par Monnier, 180-181.

(55) L'abbé Vigouroux, *Manuel biblique*, t. II. p. 188. § 552.

(56) Ce qui se voit ne peut pas se cacher.

(56 bis) Briau, *L'Assistance*, 104 ; cfr. Mongez, 112, Peyrilhe, 407 ; Percy et Willaume, 33 ; J.-F. Coste, 412.

(57) « Il n'y a pas la moindre ressemblance entre nos hôpitaux modernes et ceux du moyen-âge : ces derniers étaient aussi petits que les nôtres sont vastes. Ils se composaient en général d'une chapelle, d'une grande salle commune et de quelques chambres pour séparer les sexes, d'un jardin et d'un cimetière. — Les mœurs en faisaient autant des hôtelleries gratuites que des infirmeries. Il était d'usage que le passant y séjournât un jour et une nuit quand il était valide ; mais il n'y avait pas de terme fixé quand un mal quelconque l'empêchait de continuer sa route. — Nos pères aimaient la diversité et non pas l'uniformité qui nous plaît tant aujourd'hui. Chaque bienfaiteur des malheureux préférait plutôt fonder un asile particulier sur son fief ou augmenter le nombre des lieux hospitaliers que d'accroître un ancien établissement. Cette inclination tournait au profit des malades qui, par ce moyen, pouvaient être isolés de la contagion de certaines épidémies. » Léon Maître, * *L'Assistance publique dans la Loire-Inférieure avant 1789. Étude sur les léproseries, aumôneries, hôpitaux généraux*

et bureaux de charité. Nantes, Mme Vve C. Mellinet, 1880. 8. p. 164-165. Aujourd'hui en préférant aux grands hôpitaux des hôpitaux petits et nombreux, nous reprenons la tradition du moyen-âge.

(58) Le général Ambert, * *Le Foyer*, t. XI. no 270. p. 106. Paris, Palmé, in-40.

(58 bis) F. Roubaud ne fait que reproduire les affirmations de Percy et Willaume. « Dans aucun des écrivains qui nous ont laissé des descriptions de Rome ancienne, et dont Grœvius a rassemblé les dissertations dans son Trésor des Antiquités romaines, il n'est fait mention d'établissements publics comparables à nos hospices, à nos hôpitaux ouverts aux indigents, aux orphelins, aux malades ; car il ne faut pas regarder comme tel, ce vaste emplacement dans le carrefour d'Acilius, dont le peuple romain fit don au grec Archagatus, et qui était une espèce de rendez-vous pour les malades de la classe pauvre, que ce chirurgien, le premier qu'on eût vu à Rome, selon Cassius Hemina, opéroit, pansoit et dirigeoit de ses conseils.

« A plus forte raison ne doit-on pas comparer à nos hospices actuels, ces officines établies à la suite des Gymnases et des grands cirques, dans lesquelles les athlètes et les gladiateurs blessés étoient aussitôt secourus, et où Galien à Pergame, et Vosennius, Caspurnius, Eutyclus, etc., à Rome, sous le titre de médecins des jeux, exerçoient l'art de Chiron, et avoient, pour les seconder, et pour exécuter leurs prescriptions, des Pædotribes, des Aliptes, des Iatraleptes, etc. » Percy et Willaume, 46-47. Le mémoire de ces deux chirurgiens a été, avec celui de Mongez et l'*Histoire de la Chirurgie* par Peyrilhe, une source abondante où ont puisé, surtout en France, ceux qui ont exposé l'histoire des hôpitaux. Dans le *Dict. d. sc. méd.* (1818. XXIV, 469), Percy et C.-N. Laurent ont affirmé la différence qui existait entre le *valetudinarium* des Romains et l'hôpital proprement dit qui n'est venu qu'après l'infirmerie : cfr. Jérôme Mercuriali, *Variar. lection.* l. I. c. 13. Bâle, 1576. p. 33.

(59) Voir l'*Histoire de la civilisation* par Guizot (cours de 1828-1829, 2e leçon), pour tout ce qui regarde la société civile durant l'empire romain.

(60) Percy et Willaume, 57.

(60 bis) Félix Roubaud, 50-52. Percy et Willaume (57-58) citent le passage de Tacite. cfr. la traduction des * *Annales* par J.-H. Dotteville, t. II. p. 157-161. Paris, Froullé, 1793. 12. Peyrille cite

Ammien Marcellin, Tacite, Tite Live, Justin, Jules César et Lampride.

(61) Jean-Paul Tessier, *L'art médical*, t. XII. août 1860. p. 91-93.

(62) T. VI, novembre 1857. p. 327. Aux pages 321-327 se trouve la lettre datée du 15 juin 1557 et adressée au cardinal de Geissel par S. S. le Pape Pie IX, lettre contenant la définition dogmatique de l'homme.

Je crois devoir reproduire les lignes suivantes dues à L.-P.-A. Gauthier (p. 232-236): « Comme de nombreux malades allaient recouvrer la santé dans les temples d'Esculape et des autres divinités médicales, il n'est pas étonnant que l'on ait cherché quelquefois à établir des comparaisons entre ces temples et nos hôpitaux, et même à leur attribuer en quelque sorte l'origine de ces derniers. Charles-Auguste Boettiger considère le temple d'Esculape qui était dans l'île du Tibre comme un hôpital pour les pauvres. Schneider (1838) prétend que presque tous les temples d'Esculape, d'Isis, d'Osiris et de Sérapis possédaient un édifice spacieux destiné aux malades, dans lequel étaient des lits propres à les recevoir, et il dit ensuite que les premiers hôpitaux ont dû être bâtis sur ces modèles. Selon L. Chonlant (1842), les temples d'Esculape étaient réellement des hôpitaux remplis de malades qui allaient y chercher des secours. » Nous ne pouvons partager les avis de ces savants ; nous n'admettons presque aucune similitude entre les temples d'Esculape et nos hôpitaux. Ces derniers sont des asiles pour les pauvres dans leurs maladies, et les temples des anciens ne leur étaient pas destinés ; les prêtres y exerçaient la médecine pour enrichir le temple et non pour venir au secours des indigents quand ils étaient malades.

FIN

Avignon. — Imprim. adm. Seguin frères. — 8,911. — Juin 1881.

www.ingramcontent.com/pod-product-compliance
Lightning Source LLC
Chambersburg PA
CBHW061705180626
46818CB00003B/1264